HEIDI
A MENINA DAS MONTANHAS

CLÁSSICOS ILUSTRADOS

HEIDI
A MENINA DAS MONTANHAS

TRADUÇÃO: REGINA DRUMMOND

Moby Dickens

COPYRIGHT © 2021 WISE EAGLE
COPYRIGHT © FARO EDITORIAL, 2022

TODOS OS DIREITOS RESERVADOS.
NENHUMA PARTE DESTE LIVRO PODE SER REPRODUZIDA SOB QUAISQUER
MEIOS EXISTENTES SEM AUTORIZAÇÃO POR ESCRITO DO EDITOR.

MOBY DICKENS É UM SELO DA FARO EDITORIAL.

DIRETOR EDITORIAL: **PEDRO ALMEIDA**
COORDENAÇÃO EDITORIAL: **CARLA SACRATO**
ASSISTENTE EDITORIAL: **JESSICA SILVA**
REVISÃO: **BÁRBARA PARENTE E THAIS ENTRIEL**
ADAPTAÇÃO DE CAPA E DIAGRAMAÇÃO: **CRISTIANE | SAAVEDRA EDIÇÕES**

DADOS INTERNACIONAIS DE CATALOGAÇÃO NA PUBLICAÇÃO (CIP)
JÉSSICA DE OLIVEIRA MOLINARI CRB-8/9852

Heidi : clássicos ilustrados / tradução de Regina Drummond. — São Paulo : Moby Dickens, 2022.
    36 p. : il, color.

   ISBN 978-65-5957-165-9
   Título original: Heidi

   1. Literatura infantojuvenil 2. Contos de fadas I. Drummond, Regina

| 22-1962 | CDD 028.5 |

Índice para catálogo sistemático:
1. Literatura infantojuvenil

Faro Editorial

1ª EDIÇÃO BRASILEIRA: 2022
DIREITOS DE EDIÇÃO EM LÍNGUA PORTUGUESA, PARA O BRASIL,
ADQUIRIDOS POR FARO EDITORIAL

AVENIDA ANDRÔMEDA, 885 – SALA 310
ALPHAVILLE – BARUERI – SP – BRASIL
CEP: 06473-000
WWW.FAROEDITORIAL.COM.BR

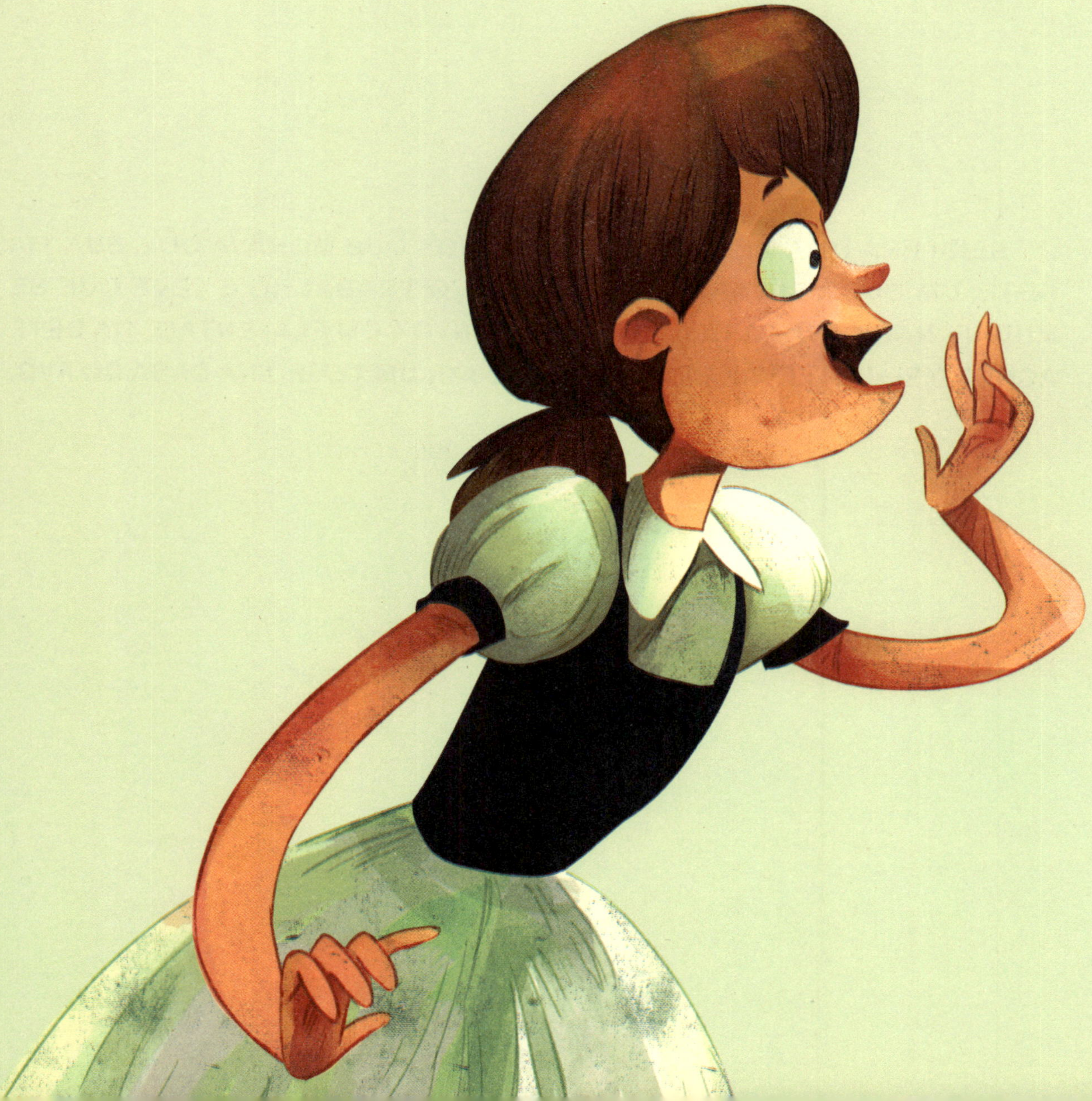

HEIDI ERA UMA MENINA DE CINCO ANOS QUE MORAVA COM SUA TIA DETE. UM DIA, A TIA ARRANJOU UM NOVO TRABALHO E TEVE QUE SE MUDAR. NÃO DAVA PARA A MENINA IR JUNTO COM ELA, ENTÃO, TIA DETE ACHOU MELHOR LEVAR HEIDI PARA PASSAR UM TEMPO NA CASA DO AVÔ.

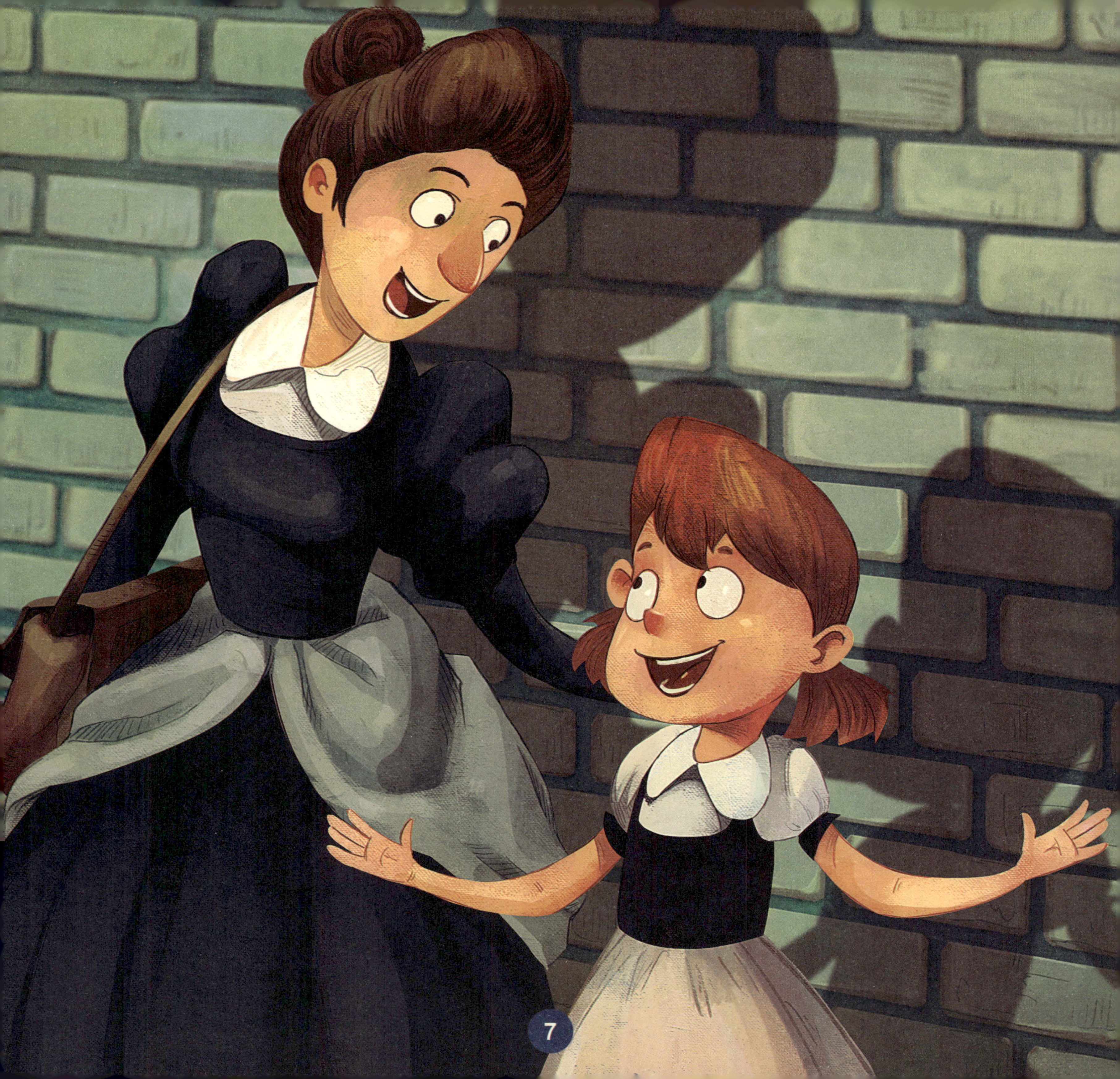

O AVÔ DE HEIDI VIVIA SOZINHO NUMA CABANA RÚSTICA, NO ALTO DAS MONTANHAS. ELE ATÉ GOSTOU DE TER A NETA CONSIGO, MAS FINGIU QUE NÃO.

NO COMEÇO, HEIDI SENTIA MEDO DO AVÔ, MAS ELE FEZ UMA CAMA TÃO BONITA PARA ELA, QUE OS DOIS FICARAM AMIGOS. A MENINA SE SENTIA FELIZ NA NOVA CASA.

10

EM UMA ALDEIA NÃO MUITO LONGE DALI, MORAVA PETER. TODOS OS DIAS, ELE LEVAVA AS CABRAS PARA PASTAR NAS MONTANHAS.

PETER E HEIDI SE TORNARAM AMIGOS. OS DOIS CONVERSAVAM BASTANTE E, COMO A VIDA DELES ERA MUITO DIFERENTE, UM SEMPRE TINHA COISAS NOVAS PARA ENSINAR AO OUTRO.

FOI COM ELE QUE A MENINA APRENDEU A SALTITAR ENTRE AS ÁRVORES E SUBIR NAS PEDRAS MAIS ALTAS. ELA TAMBÉM SE DIVERTIA MUITO CORRENDO ATRÁS DAS CABRINHAS.

TUDO ALI ERA MARAVILHOSO PARA HEIDI. ELA ADORAVA SUBIR AS MONTANHAS COM PETER E ATÉ APRENDEU A PASTOREAR OS ANIMAIS.

CERTO DIA, HEIDI CONHECEU A FAMÍLIA DO AMIGO: A MÃE E A AVÓ CEGA, QUE ELA COMEÇOU A CHAMAR DE VOVÓ TAMBÉM.

QUANDO O AVÔ DE HEIDI ASSAVA PÃO, ELA FAZIA QUESTÃO DE LEVAR UM AINDA QUENTE PARA A VOVÓ. EM TROCA, ELA OFERECIA LEITE DE CABRA FRESQUINHO PARA A MENINA.

13

QUANDO HEIDI FEZ OITO ANOS, SUA TIA DETE APARECEU DE SURPRESA NA CASA DO AVÔ. CONTENTE, A MENINA CORREU PARA ABRAÇÁ-LA, MAS EM POUCOS MINUTOS FICOU TRISTE: A TIA ESTAVA ALI PARA BUSCÁ-LA.

NA CASA EM QUE DETE TRABALHAVA, VIVIA UMA MENINA CHAMADA CLARA, QUE ESTAVA SEMPRE SOZINHA. DETE QUERIA QUE A SOBRINHA FIZESSE COMPANHIA A CLARA. HEIDI NÃO QUERIA, MAS TEVE QUE ACEITAR.

CLARA TINHA DOZE ANOS. ERA SIMPÁTICA E INTELIGENTE. COMO ELA NÃO PODIA ANDAR, USAVA UMA CADEIRA DE RODAS. LOGO, AS DUAS FICARAM AMIGAS. MAS A GOVERNANTA DA CASA NÃO GOSTOU DA RECÉM-CHEGADA.

COMO HEIDI NÃO SABIA LER NEM ESCREVER, A GOVERNANTA ACHAVA QUE LHE FALTAVA INTELIGÊNCIA. ISSO FAZIA DELA UMA PÉSSIMA COMPANHIA PARA CLARA, E A GOVERNANTA INVENTOU UMA PORÇÃO DE REGRAS PARA ATORMENTAR A POBRE HEIDI.

A MENINA, QUE ESTAVA ACOSTUMADA A SER LIVRE, VIVEU UMA ÉPOCA DIFÍCIL. CERTO DIA, ELA RESOLVEU ESCALAR A TORRE DO RELÓGIO DA IGREJA. NO MEIO DO CAMINHO, UM HOMEM LHE OFERECEU DOIS GATINHOS. ENCANTADA, ELA OS LEVOU PARA CASA.

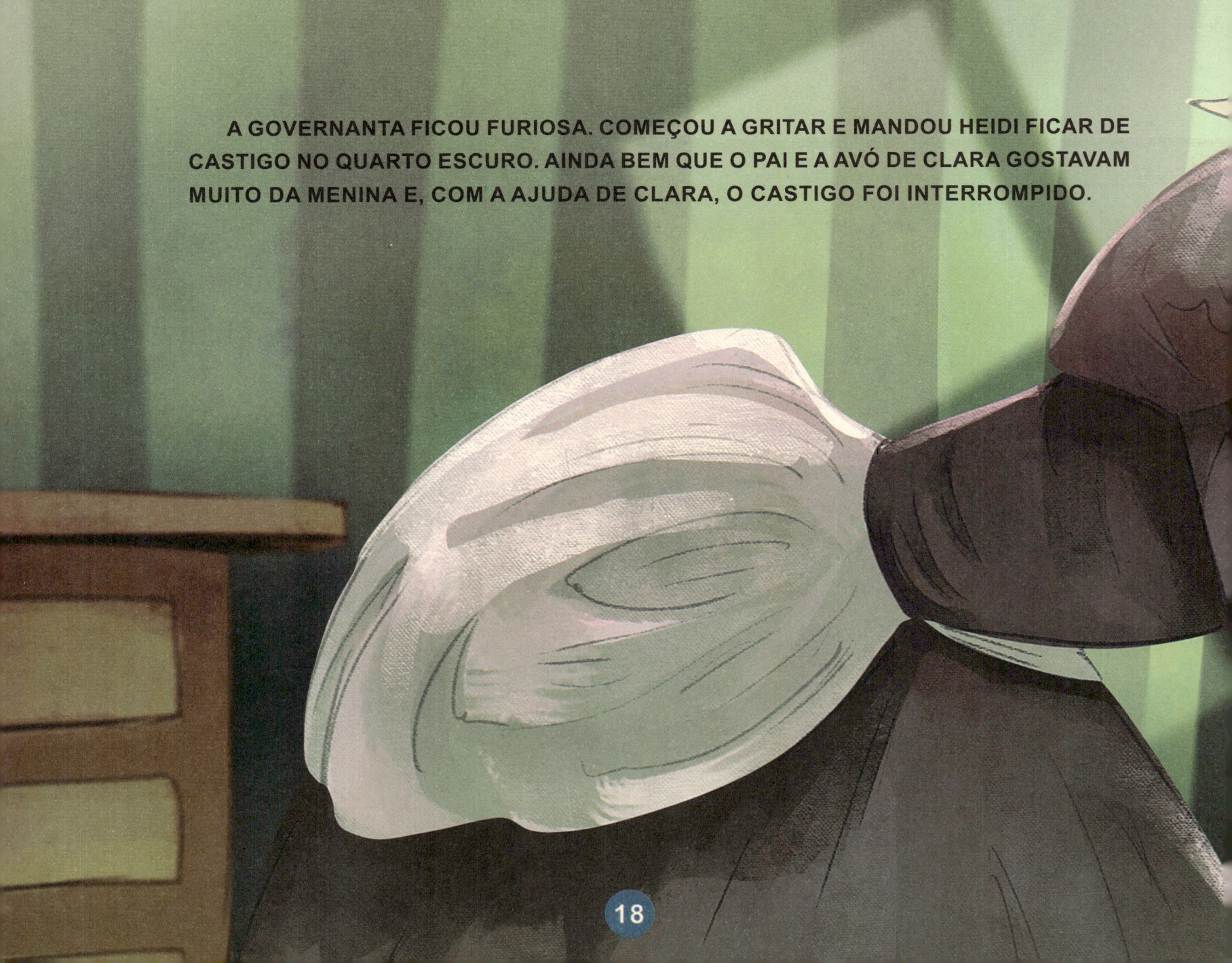

A GOVERNANTA FICOU FURIOSA. COMEÇOU A GRITAR E MANDOU HEIDI FICAR DE CASTIGO NO QUARTO ESCURO. AINDA BEM QUE O PAI E A AVÓ DE CLARA GOSTAVAM MUITO DA MENINA E, COM A AJUDA DE CLARA, O CASTIGO FOI INTERROMPIDO.

19

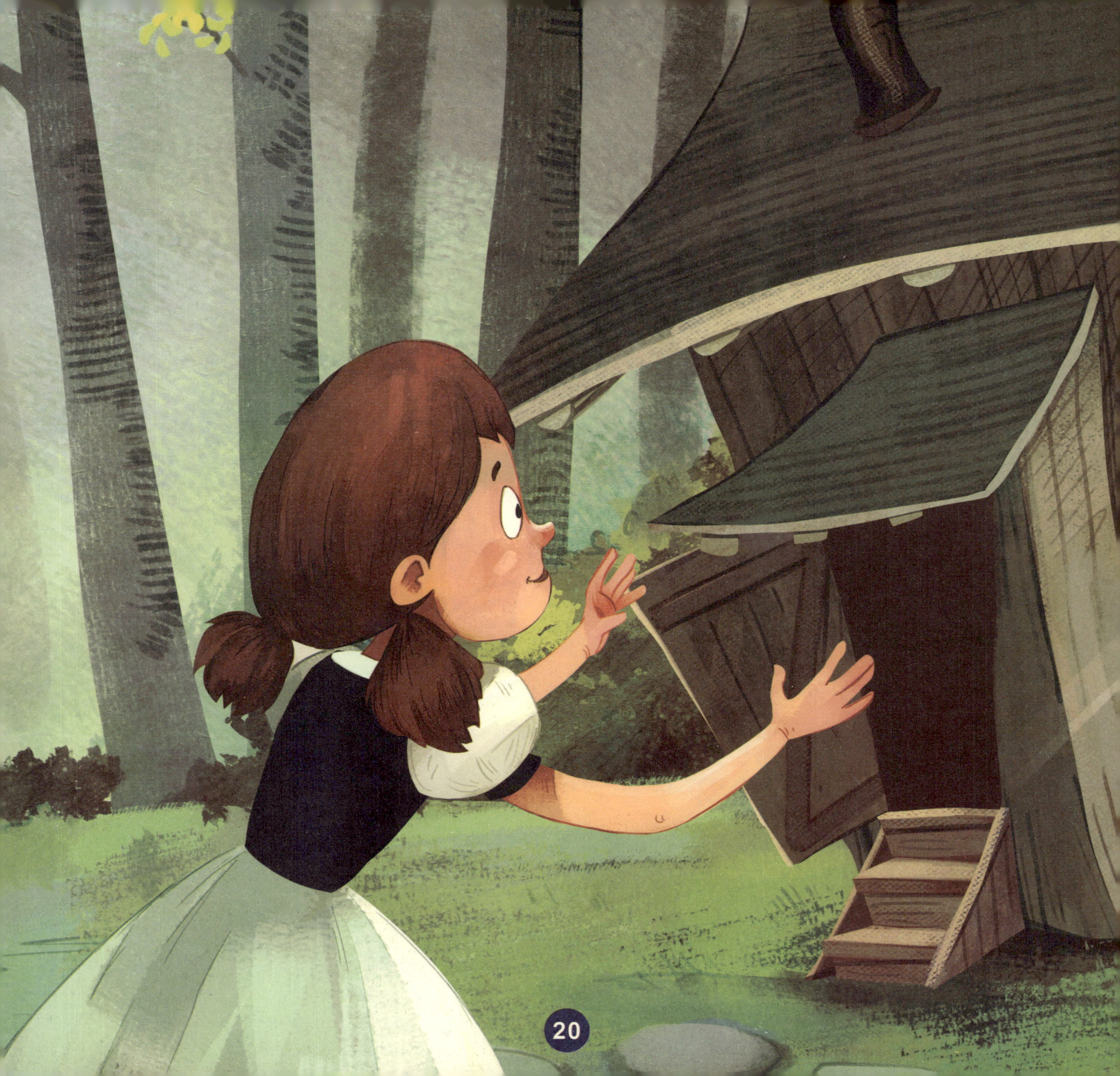

ALGUNS DIAS DEPOIS, HEIDI FICOU DOENTE. ANDAVA PELA CASA ENQUANTO DORMIA, COMO UMA SONÂMBULA. O MÉDICO FOI CHAMADO. APÓS EXAMINAR A MENINA, ELE DECLAROU:

— ELA ESTÁ MAL E PODE PIORAR SE NÃO FOR ENVIADA DE VOLTA ÀS MONTANHAS.

CLARA E O PAI NÃO QUERIAM DE JEITO NENHUM QUE HEIDI FOSSE EMBORA, MAS TAMBÉM NÃO PODIAM ASSISTIR AO SOFRIMENTO DELA SEM FAZER NADA, DE MODO QUE DECIDIRAM OBEDECER AO DOUTOR.

CLARA AJUDOU HEIDI A FAZER A MALA E ENVIOU VÁRIOS PRESENTES PARA OS AMIGOS DAS MONTANHAS.

DE LONGE, HEIDI AVISTOU O AVÔ, SOZINHO E TRISTONHO, DIANTE DA CABANA. ELA CORREU PARA ABRAÇÁ-LO, E O AVÔ CHOROU DE ALEGRIA.

— POR ONDE VOCÊ ANDOU TODO ESSE TEMPO, MINHA PEQUENA? — PERGUNTOU ELE. — POR ACASO PENSOU UM POUQUINHO QUE SEJA NESTE VELHO AQUI?

NESSA NOITE, HEIDI DORMIU OUVINDO A CANÇÃO DE NINAR QUE NUNCA TINHA SAÍDO DE SUA CABEÇA.

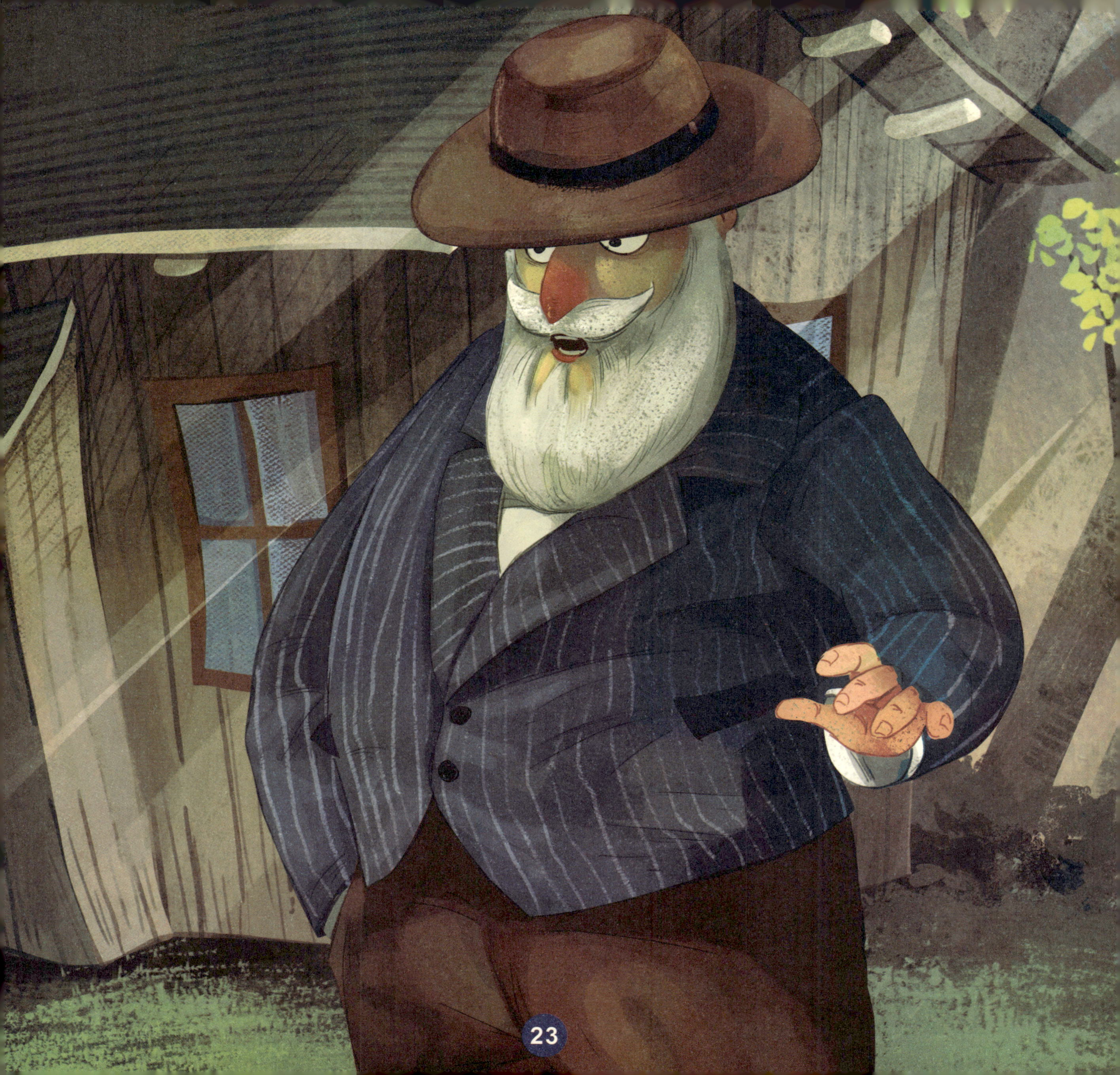

A MENINA CONTOU AO AVÔ TUDO QUE TINHA ACONTECIDO E, NO FINAL, ENTREGOU UMA CARTA QUE O PAI DE CLARA TINHA ENVIADO PARA ELE.
NO DIA SEGUINTE, OS DOIS FORAM À IGREJA E TODO MUNDO FICOU SURPRESO COM A VOLTA DA MENINA.

APÓS A MISSA, O AVÔ PEGOU A NETA PELA MÃO E FOI FALAR COM O PADRE:

— PEÇO DESCULPAS PELAS PALAVRAS DURAS QUE EU LHE DISSE ANOS ATRÁS, QUANDO BRIGAMOS.

O PADRE RESPONDEU QUE ESTAVA FELIZ POR ELE TER MUDADO E TUDO FICOU BEM OUTRA VEZ.

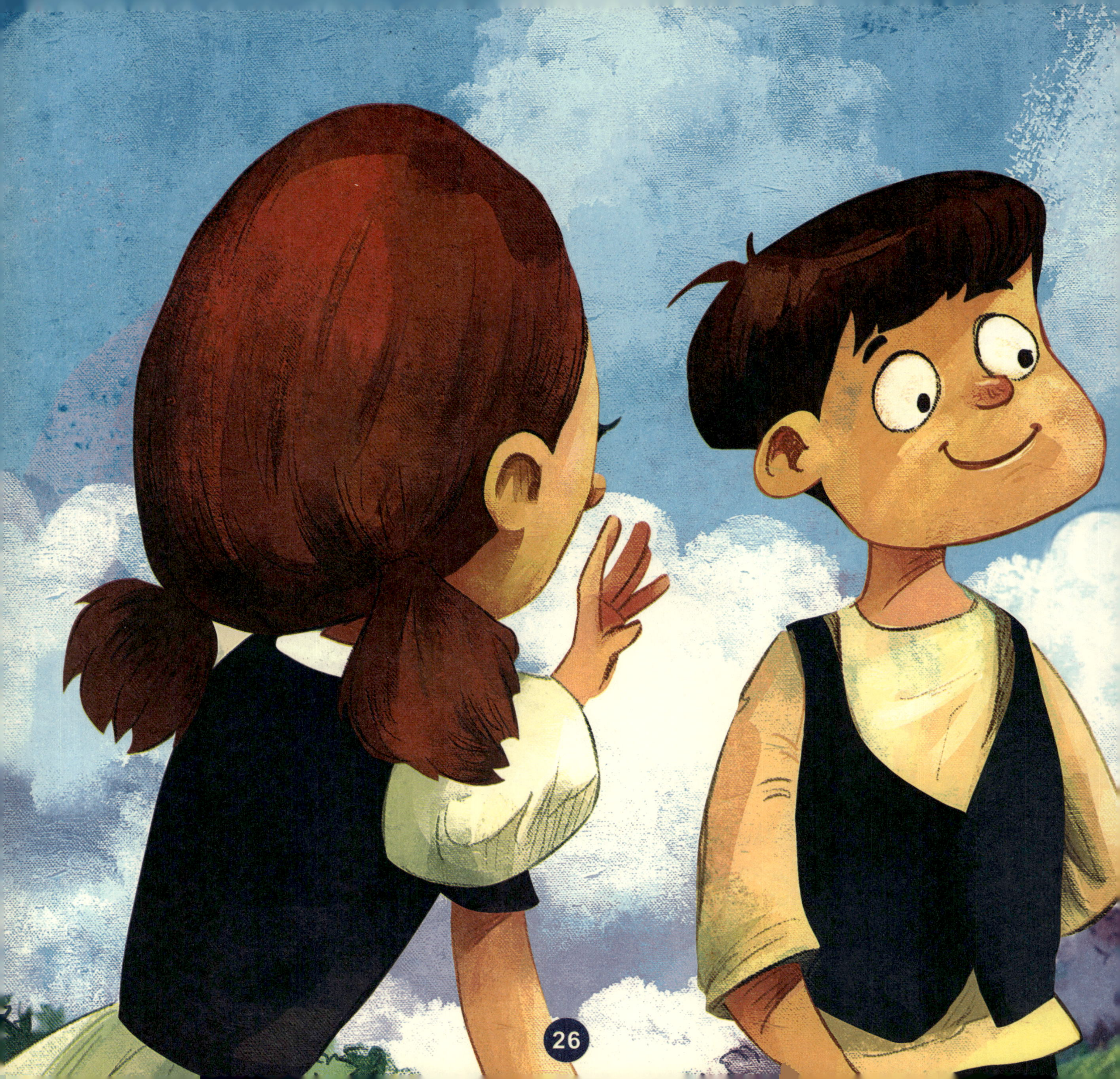

CERTA MANHÃ, HEIDI ESTAVA COLHENDO FLORES, QUANDO VIU UM GRUPO DE PESSOAS SUBINDO A MONTANHA. ELA CHEGOU MAIS PERTO E TEVE A MAIOR SURPRESA: ERAM CLARA E SUA AVÓ. QUE ALEGRIA!

AS DUAS MENINAS PASSARAM UM TEMPO MARAVILHOSO JUNTAS. SEMPRE QUE PODIA, PETER TAMBÉM FICAVA CONVERSANDO COM ELAS. ENTÃO, UMA COISA ÓTIMA ACONTECEU: QUANDO A AVÓ VOLTOU PARA CASA, DEIXOU CLARA COM HEIDI.

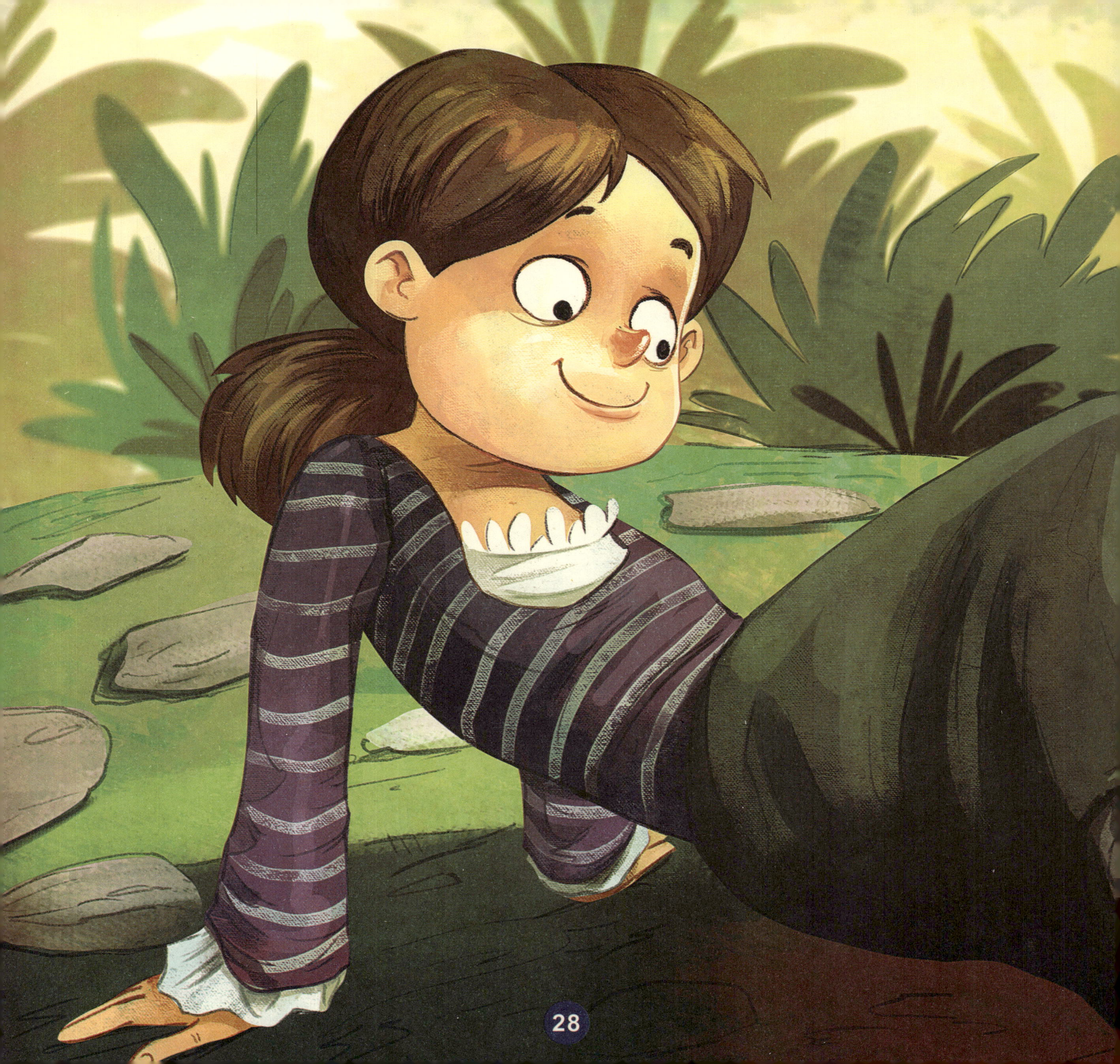

VENDO COMO AS DUAS MENINAS SE DAVAM BEM, PETER COMEÇOU A FICAR COM CIÚMES. ELE ACHAVA QUE CLARA ESTAVA ROUBANDO A ATENÇÃO QUE HEIDI ANTES DAVA A ELE. COM RAIVA, PETER JOGOU A CADEIRA DE RODAS EM UM PENHASCO.

O GAROTO ACHOU QUE ISSO IA RESOLVER O PROBLEMA, MAS ELE ESTAVA ERRADO. CLARA NÃO PÔDE VOLTAR PARA CASA, MAS SEM A CADEIRA DE RODAS E COM O AR FRESCO DA MONTANHA, ELA FICOU MAIS FORTE. E ATÉ RESOLVEU TENTAR ANDAR.

PETER ENTENDEU QUE TINHA SE COMPORTADO MAL E FICOU CHATEADO, MAS HEIDI O PERDOOU. ELA O CONVIDOU PARA AJUDAR CLARA, E LOGO A MENINA ESTAVA ANDANDO DE UM JEITO MAIS FIRME, COM O AMPARO DOS DOIS, UM DE CADA LADO.

CLARA ANDAVA MELHOR A CADA DIA. SEU APETITE TAMBÉM AUMENTAVA, E O AVÔ FEZ MAIS MANTEIGA PARA PASSAR NOS MUITOS PÃES QUE ELA COMIA COM OS AMIGOS. SEM FALAR NOS LITROS E LITROS DE LEITE DE CABRA QUE BEBIAM!

HEIDI TEVE A IDEIA DE FAZER UMA SURPRESA PARA A AVÓ E O PAI DE CLARA. PEDIU À AMIGA QUE ESCREVESSE UMA CARTA, CONVIDANDO OS DOIS PARA VISITÁ-LOS NAS MONTANHAS.

ELES ACEITARAM E QUASE NÃO ACREDITARAM QUANDO VIRAM CLARA ANDANDO AO ENCONTRO DELES — SEM A CADEIRA DE RODAS! FOI UMA ALEGRIA SEM TAMANHO.

E O DIA DE CLARA VOLTAR PARA CASA CHEGOU. A FAMÍLIA FOI BUSCÁ-LA, LEVANDO MUITOS PRESENTES PARA HEIDI E SEU AVÔ, E PARA PETER, SUA MÃE E SUA AVÓ CEGA.

CLARA NÃO QUERIA VOLTAR. ELA PEDIU AO PAI:

— EU QUERO MORAR AQUI PARA SEMPRE. AMO HEIDI E ESSAS MONTANHAS MARAVILHOSAS!

— PROMETO QUE VOCÊ PODERÁ PASSAR TODAS AS FÉRIAS AQUI — RESPONDEU ELE. — MAS AGORA É HORA DE IR.

E FOI ASSIM QUE, ENTRE MUITOS ABRAÇOS E BEIJOS, CLARA E SUA FAMÍLIA TOMARAM O CAMINHO DE CASA, LEVANDO E DEIXANDO SAUDADES.

35

CONFIRA AS OUTRAS HISTÓRIAS DA COLEÇÃO:

Ali Babá	Heidi	O Soldadinho de Chumbo
Alice no País das Maravilhas	João e o Pé de Feijão	Mogli
Aladim	Chapeuzinho Vermelho	A Pequena Sereia
Bambi	O Gato de Botas	O Flautista de Hamelin
A Bela e a Fera	Rapunzel	O Patinho Feio
Cinderela	Rumplestiltskin	O Mágico de Oz
A Roupa Nova do Rei	A Bela Adormecida	Os Três Porquinhos
Cachinhos Dourados	Branca de Neve	Miudinha
As Viagens de Guliver	Peter Pan	A Ilha do Tesouro
João e Maria	Pinóquio	O Rato da Cidade e o Rato do Campo

REGINA DRUMMOND É AUTORA DE MUITOS LIVROS PARA CRIANÇAS E JOVENS, TRADUTORA E CONTADORA DE HISTÓRIAS. SUA OBRA JÁ RECEBEU VÁRIOS PRÊMIOS E DESTAQUES, ALÉM DE TER SIDO TRADUZIDA PARA OUTROS IDIOMAS.
WEBSITE: WWW.REGINADRUMMOND.COM.

Moby Dickens

ESTA OBRA FOI IMPRESSA
EM JULHO DE 2022